Franklin ne veut pas dormir

HACHETTE

RETROUVEZ Franklin EN PREMIÈRE BIBLIOTHÈQUE ROSE

- Franklin magicien
- Franklin ne veut pas dormir

D'après la série TV *Franklin* produite par Nelvana Limited,
Neurones France s.a.r.l. et Neurones Luxembourg S.A.
Basé sur les ouvrages écrits par Paulette Bourgeois et illustrés par Brenda Clark.

Franklin est une marque déposée Kids Can Press Ltd.
Le personnage de Franklin a été créé par Paulette Bourgeois et Brenda Clark.

Cet ouvrage comprend deux histoires, initialement parues sous les titres :
Franklin stays up, 2003,
et *Franklin's trading cards,* 2003.

Franklin stays up a été écrit par Sharon Jennings et illustré par Sean Jeffrey, Shelley Southern et Jelena Sisic.
Basé sur l'épisode de la série TV *Franklin stays up* écrit par Brian Lasenby.
Franklin's trading cards a été écrit par Sharon Jennings et illustré par Sean Jeffrey, Alice Sinkner et Shelley Southern.
Basé sur l'épisode de la série TV *Franklin and the trading cards,* écrit par John Van Bruggen.

Publié avec l'autorisation de Kids Can Press Ltd., Toronto, Ontario, Canada.

Adaptation de Natacha Godeau

Hachette Livre, 43, quai de Grenelle, 75015 Paris.

Franklin
ne veut pas dormir

Franklin sait compter
de deux en deux
et lacer ses chaussures.
Il peut aussi rester éveillé
jusqu'à neuf heures du soir.
Mais ce soir, Franklin
ne veut pas aller dormir…

— Je n'ai pas sommeil !
dit Franklin à maman.
— Alors couche-toi un peu
plus tard, proposa maman.
— Je préfère me coucher
beaucoup plus tard !
Je préfère même ne pas
me coucher du tout !

Maman sourit.
— La nuit va te sembler longue, Franklin !
— Oh, non ! Ce sera très drôle, au contraire !
Mais voilà que dès dix heures, Franklin s'endormit.

Le lendemain matin,
Franklin eut une idée.
Il courut voir ses amis.
— Je vous invite à passer une nuit à jouer sous ma tente ! annonça-t-il.
— Tu veux dire « à dormir » ? s'étonna Martin l'ours.
— Non, non ! Nous allons passer une nuit sans dormir !
— J'apporte des provisions, dit Martin.
— Moi, des jeux, lança Basile le lapin.
— Et moi, une radio, ajouta Arnaud l'escargot.

— Super ! Au lieu de dormir, nous nous amuserons toute la nuit !

Après dîner, Franklin monta donc sa tente et, bientôt, ses amis arrivèrent.

Martin apporta à manger,

Basile,
des boîtes
de jeux,

et Arnaud, un poste
de radio.

Prêts pour
une nuit sans
sommeil ! se réjouit Franklin.

À neuf heures précises,
les parents vinrent
leur souhaiter bonne nuit.
— Nous, on ne se couche
pas ! dit Franklin.
— Nous, si, bâilla maman.
Car demain matin, nous
vous ferons des crêpes !
— YOUPI !
— Amusez-vous bien, les
enfants ! lança papa en
s'éloignant.

— Alors, que fait-on ?
demanda Arnaud.
— Mangeons ! proposa Martin.
— Non, d'abord, jouons à chat !
Et les quatre amis
se poursuivirent encore,
et encore à travers le jardin.

— Je suis
fatigué !
haleta soudain Martin.
— Non, pas question !
s'exclama Franklin.
Nous devons passer toute
une nuit sans dormir,
rappelle-toi !
Alors mangeons
du pop-corn...

Vers dix heures, ils avaient fini le pop-corn. Basile voulut entamer une partie d'échecs mais, très vite, le lapin bâilla...

— À toi de jouer, Arnaud, murmura-t-il. Et dépêche-toi, car je m'endors...
— Non, pas question ! s'exclama Franklin. Nous devons passer toute une nuit sans dormir, n'oublie pas !

À minuit, il ne restait plus
un seul cookie.
Arnaud proposa que cha-
cun raconte une histoire
de fantômes. Mais…

— J'ai
trop peur,
bégaya-
t-il au bout
d'un moment.
Je veux rentrer à la maison !
— Non, pas question !
s'exclama Franklin. Nous
devons passer toute une
nuit sans dormir, tu sais !
Alors mangeons quelque
chose…

Le problème,
c'est qu'ils avaient
vidé toutes leurs réserves…

— Allons chercher des provisions à la cuisine, déclara Franklin.

À pas de loup, ils se faufilèrent dans la maison endormie.

— La table est prête pour faire les crêpes ! nota Basile. Miam, que j'ai faim !

— Patience, Martin. Il est une heure du matin, le petit déjeuner approche !

Franklin prit du pain
et de la confiture dans
le buffet, puis il ressortit
discrètement avec ses amis.
De retour sous la tente,
ils se régalèrent !
— Nous sommes tout poisseux, dit Arnaud en riant.
— J'ai une idée,
déclara Franklin.
Suivez-moi !

Il ouvrit en grand le robinet
du tuyau d’arrosage.

L’eau nettoya
tout le monde. Mais…
— J’ai trop froid ! grelottèrent ensemble Arnaud et
Martin. Et ils se glissèrent
dans leur sac de couchage…
où ils ne tardèrent pas à
s’endormir !

— Malheur ! gémit Franklin.
Et notre nuit à jouer,
alors ?

Avec Basile, ils décidèrent de s'asseoir dans l'herbe et de compter les étoiles.

— Une, deux, trois, commença le lapin en bâillant.

— Quatre, cinq six, continua Franklin.

— C'est comme avec les moutons, nota Basile.

— Sept, huit, neuf, comptait la tortue.

— À force, ça me berce ! termina Basile qui se mit à ronfler.

— Oh, non, Basile !

Franklin consulta son réveil. Trois heures du matin. Il bâilla.

— Non, pas question de s'endormir ! se secoua-t-il.

Je dois absolument passer toute une nuit sans dormir !

Pour rester éveillé, il courut dans le jardin.

Il maintint
même ses
paupières
ouvertes de
force !
Et quand il n'en
put plus… le soleil se leva !

— Hourra ! J'ai passé une
nuit sans dormir ! applau-
dit Franklin… avant de
s'endormir d'un coup.

Le lendemain,
à neuf heures précises,
maman appela :
— Debout, les enfants !
Le petit déjeuner est servi !

Arnaud s'éveilla,

Martin
s'éveilla,

Basile
s'éveilla…

Tous, sauf Franklin !
— Franklin, lève-toi ! crièrent ses amis. Les crêpes sont prêtes !
Mais Franklin dit en bâillant :

— Tant pis pour les crêpes. Moi, ce que je veux, c'est passer toute *une journée à dormir* !

Franklin collectionne les cartes

Franklin sait compter
de deux en deux
et lacer ses chaussures.
Franklin mange aussi
beaucoup de céréales.
C'est comme ça qu'il a une
belle collection de cartes…

Au petit
déjeuner,
Franklin prenait
parfois des tartines,

parfois
des crêpes.

Mais le plus souvent,
il prenait des céréales
MouchoPops.

Un matin, Franklin
découvrit deux cartes,
dans la boîte de céréales.
Il décida de les collectionner.
— Je mangerai plein de
MouchoPops !

Franklin raconta à ses amis comment collectionner les cartes. Et voici que chacun se mit à manger des MouchoPops !

— Dire que je n'aime même pas ça ! ronchonna Lily, le castor.

— Moi non plus, renchérit Raffin, le renard.

— Mais si nous ne mangeons pas de MouchoPops, adieu notre collection de cartes ! ajouta Lily.

Bientôt, Franklin posséda plein de cartes de super héros.

— J'ai Super Toutou et Super Meuh ! dit-il.

— Comme moi ! constata Lily.

— J'ai aussi Super Groin et Super Poulet, ajouta Franklin.

— Comme moi, remarqua Raffin.

— Mais je n'ai pas trouvé Super Matou, regretta Franklin.

— Nous non plus, tu sais !

Un matin, en ouvrant une nouvelle boîte de céréales, Franklin eut une idée :

— Maman, j'ai trouvé les cartes de ce paquet. Est-ce que tu peux en acheter un autre ?

— Termine d'abord celui-ci, Franklin !

— Dans ce cas, conclut la petite tortue, pour aller plus vite, je mangerai deux bols de céréales au petit déjeuner !

Puis, Franklin fronça le bec.
— J'ai une meilleure idée !
Je mangerai des MouchoPops
au déjeuner et au dîner !
Et je ferai même des
gâteaux de MouchoPops
pour le dessert !

Maman s'esclaffa.
— Tu sais, Franklin ! Tu vas te lasser de toutes ces céréales !
— Oh, aucun danger : j'adore ça !

Ce soir-là, Franklin rejoignit ses amis.

— J'ai mangé cinq boîtes entières de MouchoPops en une seule semaine, et je n'ai pas trouvé Super Matou !

— Moi non plus, fit Lily. J'ai juste trois Super Toutou.

— J'ai eu deux Super Poulet, dit Raffin. Mais jamais de Super Matou.

— C'est une carte rare, soupira Franklin.

Le lendemain, Franklin plongea la patte à l'intérieur d'une nouvelle boîte.

— Hourra ! s'écria-t-il.
J'ai Super Matou !
Enfin !

Il attrapa la seconde carte cadeau.
— Génial, un autre Super Matou !

Il courut aussitôt annoncer la nouvelle à Lily et Raffin.

— Tu me donnes un Super Matou ? réclamèrent-ils en chœur.

— Je l'ai demandé la première ! gronda Lily.

— Non, c'est moi ! râla Raffin.

« Que faire ? » se dit Franklin.

À l'école, la dispute recommença.

— Je t'échange ton Super Matou contre une barre de chocolat, proposa Raffin.

— Moi, je t'échange ton Super Matou contre deux barres de chocolat, déclara Lily.

« Que faire ? » se lamenta Franklin.

Après l'école, Franklin
alla s'acheter une glace.
Raffin et Lily le suivirent.
— Je t'échange ton Super
Matou contre un cornet
de glace, dit le renard.
— Moi, je t'échange ton
Super Matou contre un
cornet de glace à deux boules !
dit le castor.
— Trois boules, insista Raffin.
— Quatre, dit Lily.
— C'est beaucoup trop de
glace, bredouilla Franklin.
Mais personne ne l'écoutait !

Franklin rentra tristement
chez lui.
— Que faire, maman ?
Je ne peux pas choisir entre
Raffin et Lily, ce sont tous
les deux mes amis !
— Tire à pile ou face, Franklin !

— Excellente idée ! se réjouit la petite tortue.

— Et maintenant que tu as toute la collection de cartes, poursuivit maman, je n'ai plus besoin d'acheter de MouchoPops.

— Voilà une mauvaise idée... dit alors Franklin.

Ayant bien réfléchi à
la situation, il se rendit
chez Lily et lui offrit un
Super Matou.
— Quel bonheur ! hurla
le castor en sautant de joie.
Je peux enfin arrêter de
manger des MouchoPops !

Ensuite, Franklin
se rendit chez Raffin
et lui offrit son autre
Super Matou.
— Quel bonheur ! chanta
le renard en sautant de
joie. Je peux enfin arrêter
de manger des MouchoPops !

Une fois à la maison, Franklin plongea la patte dans un nouveau paquet de céréales et attrapa les deux cartes cadeaux. Aucun Super Matou.

— Quel bonheur ! s'exclama-t-il. Je vais être obligé de manger encore plein de MouchoPops !